Teil 1

Gedichte über:

Die Jahreszeiten

Den Glauben

Die Liebe

Die

Jahreszeiten

2

Frühling

Wie süß ist doch das Leben.

Wenn der Frühling zeigt uns sein
Gesicht.

Die Knospen recken ihre Glieder.
Und das erste Blümchen blüht.

Dann geh Ich gerne durch den
Garten.
Wenn die Natur erwacht aus ihren
Schlaf.

Auch Ich erwach zu neuen Leben.
Am allerersten Frühlingstag.

Sommer

Sommersonne bräunt mir mein
Gesicht.

Wir genießen deine Strahlen.
Dieses warme helle Licht.

Auch die Natur will es dir danken.
In ihrer allerschönsten Farbenpracht.

Grüne Blätter, bunte Blumen.

Ach wie schön ist doch die Sommerzeit.

Herbst

Wenn draußen fegt ein kalter Wind.

Der jeden Baum zum Tanzen bringt.

So stark sich biegt das jedes Blatt.
Von dannen fliegt.

Und auch die Vögel Südwerts ziehen.

Dann ist es soweit, der Herbst der läutet

Ein des Natures Schlafenszeit

Winter

Wenn der erste Schnee
Weiß und kalt vom Himmel fällt.

Und das Land wie mit Watte
Umhüllt.

Kinder draußen mit roten Nasen.
Lachend Schlitten fahren.

Dies ist meine liebste
Jahreszeit.

Wenn der Winter sich zeigt
Im weißen Kleid.

Eine

Frage des

Glaubens

Warum hat Gott das zugelassen?

Das ist die erste Frage, die ein Nichtchrist einen Christen stellt. Wenn es einen Gott gibt, warum hat er dies oder jenes zugelassen?
Na ja! Auch wenn ich Christ bin, kann ich diese Frage auch nicht beantworten.
Aber ich glaube fest daran dass Gott seine Gründe hat, auch wenn wir sie nicht immer verstehen.
Vor kurzen hat jemand zu mir gesagt.
„ Gott braucht gutes Bodenpersonal.“
Wie Recht er doch hatte. Die meisten Menschen
Leben nach dem Motto, erst komm Ich und dann die Anderen. Aber da gibt es noch die völlig Egal form. „Leben und Leben lassen.“

Gott hat uns den freien Willen gegeben.
Wir sollten ihn nicht nutzen
um uns für das Böse zu entscheiden. Wir
sollten vielmehr nach dem Motto Leben. „
Liebe deinen Nächsten wie dich selbst.
Dann wäre das Böse auf unserer Welt nicht
so verbreitet.
Denn Glauben heißt, etwas als wahr
annehmen, ohne Beweise zu haben.

Die Mächtige Hilfe von oben.

Wir Menschen, sind wie Fische die im trüben Wasser schwimmen. Ständig in Gefahr vom Alltag verschlungen zu werden. Nur wenn wir Gottes helfende Hand ergreifen und festhalten, kann er uns in klare Gefilde führen und vor aller Gefahr beschützen.

Der richtige Weg

Es gibt Menschen, die glauben viele Wege führen zu Gott. Sie versuchen sich eine Treppe zu bauen die Sie in den Himmel bringt.
Doch der Ballast dieser Welt hält sie Himmel und Erde gefangen. Sie wollen nicht glauben, daß sie ihr Leben Jesus anvertrauen müssen um zum Himmlischen Vater zu gelangen.

Alles

Liebe

Oder was?

Die Liebe

Das Wort Liebe ist das Schönste was es
gibt.
Schon das Wort allein, hat Macht und
Kraft.

Wie stark muss das Gefühl erst sein!

Am Schönsten ist es, wenn zwei die sich
begegnen
Dies auch eingestehen.

Mit der Macht die Grenzen zu überwinden.

Mit der Kraft die alles zusammen hält.

Mit der Stärke alles zu überstehen.

Mit dem Gefühl Liebe.
Kann Ihnen nichts mehr geschehen.

Etwas Neues entsteht

Aus Liebe entsteht ein neues Leben.

Ein Leben was angewiesen ist auf die
Liebe.

Mit jeder Faser seines Körpers, kann es
Liebe in sich aufnehmen.

Das hat jedes Baby einen Erwachsenen
voraus.

Ohne darüber nachzudenken nimmt es
die Liebe, als ein Geschenk des Lebens
in sich auf.

Teil 2

Die Geschichte einer Bärenfamilie

Die Freundschaft

Der Kurzkrimi mit Manfred Stockmeier

Sven

Er ist mein erster Teddy den ich selbst gemacht
habe.
Der Anfang war schwer doch dann ging es leicht
von der Hand. Ich bin sehr stolz auf meinen
Sven.

Marita

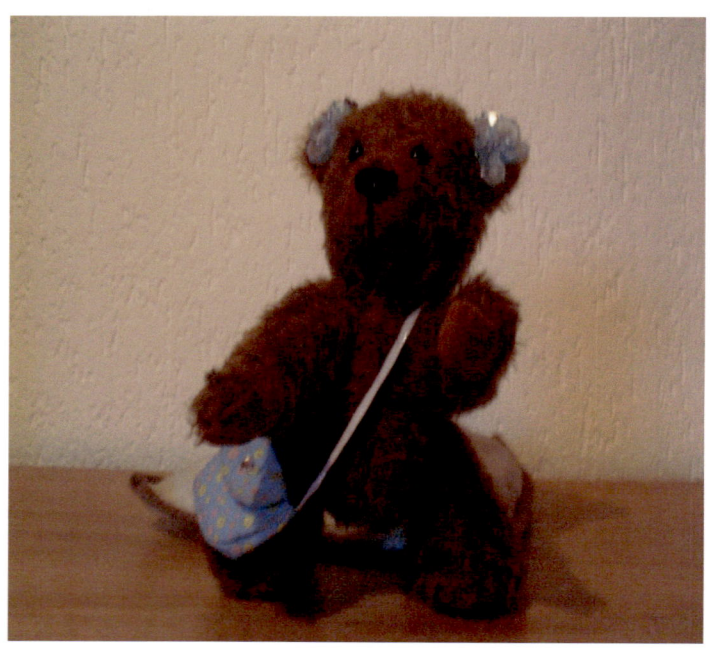

Ist sie nicht Süß, „meine kleine Marita? "Mit ihren 30 cm gehört sie eigentlich nicht mehr zu den Kleinen.

Wolfgang

Das ist Maritas cooler Freund Wolfgang.
Er sieht gut aus und ist absolut lieb zu Marita.
Wie Männer halt sein sollen.

Traumpaar

Marita und Wolfgang, sind das absolute
Traumpaar meiner Bärenfamilie. Auf die
beiden bin ich besonders stolz.

Familie Komplett

Das sind nicht alle Bären die ich gemacht habe,
aber viele habe ich verschenkt.
Jetzt sind Sie die Einzigen die mir geblieben
sind.
Aber ganz bestimmt werden das nicht die letzten
sein die ich gemacht habe.

Gemeinsam

Sind wir

Stark

Freundschaft ist was Wunderbares!

Ich weiß genau wovon ich rede. Vielleicht kennt ihr das ja auch.

Jemand der immer für einen da ist, egal wie man drauf ist. Meine beste Freundin lernte ich vor 27 Jahren kennen, ich weiß noch genau wie es war. Nach einen längeren Krankenhaus Aufenthalt, wurde ich von der zweiten Klasse in die erste zurück versetzt. Da stand ich nun, Mitten in der Klasse und lauter fremde Gesichter starrten mich an. Nur ein Mädchen lächelte freundlich und zeigte mit der Hand auf den leeren Platz neben sich. Ich war so dankbar dafür und von da an waren wir unzertrennlich.
Als wir in die fünfte Klasse kamen, zog sie weg und unsere Wege trennten sich. Aber ein paar Jahre später trafen wir uns wieder und es war als wenn sie nie weg gewesen wäre.

Danach gingen unsere Wege noch oft auseinander, bis vor sechs Jahren. Meine Freundin wurde schwanger und von da an zog sie nicht mehr um, also wusste ich immer wo sie war. Im November 2004 heiratete meine beste Freundin meinen Schwager, von nun an waren wir nicht nur Freundinnen sondern auch verwandt.

Jetzt gehen wir fast jeden Morgen Kaffee trinken und quatschen über alles. Wir haben so gut wie keine Geheimnisse voreinander und das ist gut so, denn auf Vertrauen beruht jede Beziehung.

Auch ich weiß dass so eine Freundschaft nicht alltäglich ist und ich werde alles dafür tun das sie so bleibt oder noch besser wird.

Ich
mag dich sehr,
wir lachen oft und viel.
Wollen alles gemeinsam machen.
FREUNDE

Wir
mögen uns,
erzählen uns alles.
Vertrauen uns alles an.
FREUNDSCHAFT

Freunde
sind wir für immer,
gehören zusammen.
Keiner kann uns trennen.
WIR ZWEI

Mord

Im

Supermarkt!

Hauptkommissar Manfred Stockmeier, saß in seinem Büro und erledigte den Papierkram der letzten Woche. Es war ein verregneter Nachmittag und dementsprechend schlecht war die Laune des Kommissars. Trotz allem, freute er sich auf den Feierabend. Es war eine anstrengende Woche gewesen, aber jetzt war der Fall an dem er so lange gearbeitet hatte endlich abgeschlossen. Als das letzte Dokument unterzeichnet war, legte er den Stift beiseite und streckte sich herzhaft. Als er aufstand um seine Jacke zu holen damit er endlich nach Hause fahren konnte. Da passierte das was so oft geschah wenn er auf den Weg nach Hause war, das Telefon klingelte und mit dem Gefühl im Magen das die Säure darin so richtig brodelte, nahm er den Hörer ab. „ Hier Stockmeier! Was gibt es Wichtiges?" Eine ziemlich kleinlaute Stimme antwortete am anderen Ende. „ Ja Hallo Herr Kommissar! Ich bin es Fred, es tut mir leid Sie stören zu müssen, aber uns ist ein Mord gemeldet worden der Ihre Anwesenheit erfordert." Schweren Herzens ließ sich Stockmeier die Adresse geben und fuhr dann direkt zum Tatort. Der Mord geschah in der Filiale einer großen Supermarktkette, in der gerade ein Werbespot gedreht wurde. Als der Kommissar am Tatort ankam, wartete sein Assistent Fred schon ungeduldig auf ihn. Er reichte Stockmeier eine Tasse Kaffee und erklärte dabei den Sachverhalt. „ Laut Zeugenaussage, hat es sich in etwa so zugetragen. Die Dreharbeiten waren voll im Gange, als mittendrin plötzlich das Licht ausging. Als es nach circa zwei Minuten wieder an ging, lag der Regisseur mit einen Messer in der Brust auf der Erde.

Keiner der Anwesenden will etwas gehört oder gesehen haben." Der Kommissar war beeindruckt, wie immer hatte Fred seine Arbeit gewissenhaft ausgeführt. „ Gibt es schon einen Verdächtigen?" Fragte Stockmeier.

„ Oh ja! Wir haben nicht nur einen, sondern gleich drei Verdächtige. Alle drei haben ein Motiv aber kein Alibi. Das ist der Grund, warum Ihre Anwesenheit hier so wichtig ist. Denn nur Sie können herausfinden, wer von den dreien schuldig ist. Aber jetzt zu den wesendlichen. Als erstes hätten wir die Ehefrau des Opfers. Sie hat meiner Meinung nach das größte Motiv. Sie war heute nur aus einem Grund hier. Um Ihren Mann zu sagen dass sie die Scheidung möchte. Aber da die Beiden einen Ehevertrag hatten, wäre Frau Braun völlig leer ausgegangen. Aber angeblich war

Frau Braun während der Tatzeit auf der Toilette, um dort heimlich eine Zigarette zu rauchen. Tatsächlich haben wir dort einen Zigarettenstummel ihrer Marke gefunden. Er ist zusammen mit dem Messer ins Labor geschickt worden. Als zweitverdächtigen wäre da der ehemalige Freund und Arbeitskollege, Burghardt Hellmich. Er hatte sich vor circa einem Jahr Geld bei Herrn Braun geliehen aber die vereinbarte Rückzahlung wurde von Herrn Hellmich nicht eingehalten. Deshalb hätten sich die beiden, laut Frau Braun des Öfteren gestritten. Aber auch er will während der Tatzeit nicht vor Ort gewesen sein. Angeblich war er bei seinem Auto um dort das vergessene Handy zu holen. Allerdings fehlt dafür jeder Beweis. Zwar behauptet er sich mit dem Opfer längst versöhnt zu haben und er wäre nur aus dem Grund hier

um Herrn Braun das geschuldete Geld
zurück zu geben. Tatsächlich hatte Herr
Hellmich eine menge Bargeld dabei.
Ganz zum Schluss noch eine Verkäuferin,
Ulrike Umlitzki Sie wurde kurz vor der
Tat, von dem Opfer böse beschimpft.
Zeugen berichten das se völlig außer sich
war und Wutentbrannt das Geschäft
verlies. Zufällig will auch Sie zum
Zeitpunkt des Mordes bei ihrem Auto
gewesen sein. Aber auch dafür gibt es
keine Zeugen.
Die Verdächtigen warten dort drinnen auf
Sie."
Mit der Hand auf die Tür vor ihm deutend,
schloss Fred ein wenig außer Atem seinen
Bericht
So betraten der Kommissar und sein
Assistent den Raum in dem sich die
Verdächtigen befanden.
Stockmeier hatte seine ganz eigene
Methode einen Täter zu überführen

und so sah er sich die drei Verdächtigen erst einmal in ruhe an. Frau Braun schien ziemlich Nervös, ihre Hände zitterten und die Augen sahen glasig aus. Auch Frau Umlitzki, war den Tränen nahe und sie spielte aufgeregt mit der Schürze ihrer Uniform. Ihre Kleidung war vom Regen völlig durchnässt. Stockmeier war völlig bezaubert von dieser Frau, aber leider war dafür nicht die richtige Zeit. „ Aber aufgeschoben ist nicht aufgehoben." So dachte Stockmeier und damit wandte er sich den letzten Verdächtigen zu. Hellmich saß gelassen auf seinen Stuhl, es machte fast den Eindruck als würde er sich langweilen. Er machte einen sehr gepflegten Eindruck und man konnte ihm ansehen dass er viel Geld in seine Garderobe investierte. Sein Haar sowie seine Kleidung hatten einen perfekten sitz und seine Schuhe glänzten das man sich drinnen spiegeln konnte.

Für Stockmeier war der Fall klar und so einfach hätte seiner Meinung nach jeder Fall sein können. Aber leider waren sie das nicht. Nur hier, war der Mörder ein richtiger Amateur. Ohne Frage war dies eine Verzweiflungstat. Der Kommissar winkte seinen Assistenten zu sich, der auch sofort heran eilte um zu erfahren was Stockmeier herausgefunden hatte. „ Fred, kannst du bitte Herr Hellmich mit auf das Revier nehmen, er steht unter dringenden Mordverdacht." Fred schaute ein wenig verstört drein. „ Sind Sie sicher dass er es war? Wie kommen sie zu diesem Entschluss?" Fragte Fred. „ Kommst du denn nicht selber drauf? Überleg mal, Wie war das Wetter heute? Es hat den ganzen Tag geregnet und sagtest du mir nicht, dass Herr Hellmich und auch

Frau Umlitzki zur Tatzeit bei ihren Autos gewesen seien wollen?" Fred konnte nichts anderes tun als zu nicken. Stockmeier fuhr fort. „ Jetzt schau dir Frau Umlitzki und dann Herr Hellmich an." Jetzt viel bei Fred der Groschen. „ Mensch! Er ist ja überhaupt nicht nass, nicht mal seine Schuhe." Der Kommissar nickte zufrieden.

Herr Hellmich der das Gespräch verfolgt hatte, sackte auf seinen Stuhl zusammen. Er fühlte sich überführt und gestand den Mord sofort. Fred legte ihm Handschellen an und führte in ab. „ Ich bring ihn jetzt auf das Revier und erledige den ganzen Papierkrieg." Fred hob seine Hand zum Abschied und wünschte Stockmeier einen wohl verdienten Feierabend. Die beiden Frauen waren sichtlich erleichtert und Frau Braun fragte ob Sie jetzt gehen dürfte. Der Kommissar hatte keinen Einwand

und so verließ Frau Braun das Geschäft.
Jetzt ging Stockmeier zu der reizenden
Verkäuferin Ulrike Umlitzki. „ Darf ich
Sie auf eine Tasse Kaffee einladen? Um
den ganzen Stress zu vergessen." Lächelnd
nahm sie sein Angebot an. Sie verließen
den Tatort und gingen einer gemeinsamen
Zukunft entgegen.
Auch heute kann man Sie noch Hand in
Hand durch die Straßen gehen sehen.

ENDE

Teil 3

Das Einschneidende Erlebnis in meinen
Leben.

Wie Ich dem Tod entkam und wie sich
mein Leben dadurch änderte.

Ein Heißer Julitag veränderte mein Leben.

Bevor Ich meine Geschichte erzähle, muss ich erstmal erwähnen das Ich von Geburt an Epileptikerin bin.
Bis zu meinem 16. Lebensjahr habe ich unter den Anfällen gelitten. Dann hörten sie auf und ich war über zehn Jahre Anfallfrei.
Bis zu diesem Verhängnisvollen Tag im Juli 1997.

Ich weiß noch genau wie dieser Tag begann. Schon am frühen morgen herrschte eine drückende Hitze. Zum Glück hatten wir hinter dem Haus einen schönen Garten, also beschloss ich meine Kinder anzuziehen und raus zu gehen. Meine Nachbarin war auch sofort dafür und gemeinsam gingen wir in den Garten. Da saßen wir nun gemütlich beim Kaffee und die Kinder spielten um uns herum.

Da fing es an, unerwartet und vollkommen überraschend. Das Flimmern vor den Augen was einen Anfall ankündige. Ich wusste das noch Zeit war, meistens dauerte es noch circa fünf Stunden bis der Anfall durch kam. Jedenfalls war das in meiner Kindheit immer so gewesen. Noch ließ Ich mir nichts anmerken, denn ich wollte nicht das meine Nachbarin die zwar drüber bescheid wusste, aber es noch nie erlebt hatte in Panik geriet.

Die Stunden vergingen und das Flimmern kam in immer kürzen abständen. Es war ungefähr 14.30 Uhr Als ich wusste jetzt ist es soweit. Also sagte ich ihr die Wahrheit und bat Sie auf meine Kinder aufzupassen, während ich nach Hause ging um diesen Anfall einfach nur durchzustehen. Mein Mann war leider noch nicht von seiner Arbeit zurück und so musste ich das Alleine schaffen. Als ich in die Wohnung kam, ging ich noch einmal auf die Toilette.

Dann verspürte ich Angst große Angst, das weiß ich noch genau. Irgendetwas stimmte nicht, das spürte ich genau. Ich legte mich auf die Couch, kurz darauf verlor ich das Bewusstsein.
Was dann geschah, daran kann ich mich nicht mehr erinnern. Aber wie es sich in vielen Gesprächen herausstellte, muss es sich ungefähr so zugetragen haben.

Warum habe ich den Schlüssel nicht stecken lassen? Denn meine Bekannte machte sich große Sorgen und klingelte bei mir und auch mein Sohn rief von draußen nach seiner Mama. Instinktiv muss ich wohl aufgestanden sein um die Tür zu öffnen. Da ich mich aber nicht gut auf den Beinen halten konnte, stürzte ich auf unseren Fernsehschrank. Dabei ist es dann wohl passiert, das Hämatom in meinen Kopf wurde durch den Sturz zum Platzen gebracht. (Hätte ich das Starke Nasenbluten mal ernst genommen.)

Das hatte zu folge, dass mir das Blut aus den linken Ohr floss. Auch das weiß ich nur vom erzählen. Nur eins ist mir bis Heute ein Rätsel, Wie kam ich von der Couch im Wohnzimmer auf das Bett im Kinderzimmer? Wo man mich später fand. Als mein Mann kam und den Krankenwagen rief hatte ich schon sehr viel Blut verloren. Weder die Sanitäter im Krankenwagen noch die Ärzte im Krankenhaus konnte die Blutung Stoppen. Also fiel ich wegen des großen Blutverlustes in Koma. Es wurde sofort wurde eine Not OP eingeleitet. Ein Teil meines Schädelknochens wurde heraus gesplittert (Was der Grund ist, dass mir jetzt ein stück Knochen fehlt.) das Hämatom abgesaugt und alles schien in Ordnung. Ich wurde im künstlichen Koma gehalten, damit alles gut verheilte.

Während ich im Koma lag, habe ich
geträumt und es waren seltsame Träume.
Aber an einen kann ich mich besonders gut
erinnern.
 Um mich herum war alles weiß und damit
mein ich kein Licht, sondern eher ein
Nebel. Ich fühlte mich so richtig gut,
irgendwie federleicht und ich spürte das
Ich mich von meinen Körper trennte.
Angst hatte ich nicht. Im Gegenteil, ich
war richtig aufgeregt was jetzt passieren
würde. Aber auf einmal sah ich einen
Mann, ich konnte ihn nicht richtig
erkennen aber ich konnte sehen dass Er
lächelte. Er sagte nichts, aber irgendwie
wusste ich das es für mich kein weiter
kommen geben wird. Also ging ich zurück.
So genau weiß ich nicht, wann ich diesen
Traum hatte. Aber als ich aus dem Koma
erwachte und mein Mann mir erzählte das
ich am zweiten Tag des Komas einen
Herzstillstand hatte und man mich

Wiederbeleben musste, Da konnte ich mir schon denken an welchem Tag ich diesen Traum hatte. (Wenn es ein Traum war.)

Zwölf Tage sollte ich im Koma liegen, aber da machte ich ihnen einen Strich durch die Rechnung. Am neunten Tag erwachte ich von ganz alleine. Zwar war noch alles betäubt und ich konnte mich kaum bewegen, aber ich war wach. Da hatte ich auch ein lustiges Erlebnis. Alle staunten sehr darüber dass ich schon wach war, aber nun war es so und ändern konnte man es auch nicht. Mir wurde gesagt das Ich im Krankenhaus wäre und das ich am Kopf operiert wurde. Was ich ja gar nicht glauben konnte und ich wollte ihnen einen Vogel zeigen, aber ich konnte meinen Arm nicht bewegen. Als ich allein war, merkte ich dass mein Rücken derbe schmerzte und so versuchte ich mich auf die Seite zu legen.

Eine volle Stunde habe ich mich abgemüht, das weiß ich noch genau, weil ich die Stationsuhr sehen konnte. Es war wirklich nicht leicht, vor allem weil ich mich ja kaum bewegen konnte und nur wenig Kraft zur Verfügung hatte und ich konnte auch keine Hilfe rufen, denn mit dem sprechen klappte es noch nicht so gut. Aber nach einer geschlagenen Stunde hatte ich es mit viel Arbeit geschafft und das Gefühl war einfach wundervoll. Leider währte mein Glück nicht lang, denn nach circa einer Minute hörte ich ein Piepsen und eine Krankenschwester kam angerannt. Sie sagte „ Eine Elektrode hat sich gelöst." Mit diesen Worten schupste sie mich wieder auf den Rücken. (Alles umsonst.)
Am nächsten Tag kam ich auf die normale Station. Meine Genesung ging mit zügigen Schritten voran. Die Ärzte konnten gar nicht glauben wie schnell das alles ging und waren ganz schön erstaunt.

Zwei Wochen nachdem ich von der Intensivstation kam, wurde ich aus dem Krankenhaus entlassen und konnte endlich wieder nach Hause. Ich wollte wieder zu meinen Mann und meinen Kindern, schließlich waren sie der Grund weshalb ich mich nicht so einfach aufgegeben habe.

Die erste Zeit fühlte ich mich ziemlich geschwächt. Wenn ich einen Tag mit zwei Kindern und den Haushalt hinter mir gebracht hatte, konnte ich abends die Augen nicht mehr aufhalten und spätestens um 20.00 Uhr vielen sie mir zu. Das änderte sich mit der Zeit und meine Kraft kehrte zurück. Allerdings hatte ich mich mehr verändert, als ich am Anfang wahrnahm.
Erst sagte man es mir nur. „ Seid der Operation bist du komisch geworden."
Na ja, als komisch würde ich es nicht bezeichnen. Aber es stimmte, dass ich mir mein Leben von niemand mehr

vorschreiben ließ und ich war auch nicht
mehr so still und schüchtern wie vorher.
Mir gefiel diese neue Seite ganz gut, aber
meinen so genannten Freunden war sie ein
Dorn im Auge.
Mit der Zeit brachen manche Kontakte ab
und wenn ich heute darüber nachdenke,
bin ich nicht einmal böse drum.
Ich gewann neue Freunde und lernte viele
Menschen kennen. Alles lief hervorragend,
bis zum 12. März 2001. Ein Anruf aus
dem Krankenhaus. „ Es tut uns leid, aber
ihre Großmutter liegt im sterben. Es wäre
gut wenn jemand so schnell wie möglich
kommen könnte.“
Das zweite Mal in meinen Leben viel ich
in ein tiefes Loch. Meine Großmutter war
alles für mich. Sie hat mir meine Eltern
ersetzt, die mich nicht haben wollten. Jetzt
war sie nicht mehr da und trotz meiner
eigenen Familie fühlte ich mich allein.
Denn obwohl man ja genau weiß, die
geliebten Menschen gehen von uns,

glaubt ein kleiner Teil in uns, doch daran das man sie nicht verliert.

Es war kurz nach der Beerdigung, eigentlich war ich mir sicher alles gut überstanden zu haben aber da täuschte ich mich.

Ich stand mitten im Laden und wollte ein paar Teile einkaufen, da geschah es zum ersten Mal. Angst packte mich, richtige Todesangst. Ich konnte mir nicht erklären woher sie kam und warum, aber sie war da und voller Panik verließ ich das Geschäft um so schnell wie möglich nach Hause zu kommen. Von diesem Tag an war die Angst mein ständiger Begleiter und es dauerte nicht lang und ich verließ das Haus nur um das Allernötigste zu erledigen.

Ich ging zum Arzt. Meiner Meinung nach litt ich unter Depressionen. Aber der Arzt war vollkommen anderer Meinung. Er sagte es wären Stressbedingte Angstzustände. Aber ich fühlte mich nicht gestresst und keiner kam auf den wahren Grund.

Doch dann lernte ich eine Mutter aus der Schule kennen. Unsere Söhne hatten sich miteinander angefreundet, und das war ein Glück.

Nach und nach freundeten auch wir uns an. Sie hatte wirklich viel Geduld mit mir. Ständig versetzte ich sie, oder wenn ich schon mal bei ihr war, ging ich nach kurzer Zeit wieder nach Hause. Ich traute mich nicht ihr irgendetwas zu sagen, aber ich konnte die Angst nicht beherrschen und wollte nur weg. Sie sagte nie etwas und war auch weiterhin immer freundlich. Das war wahrscheinlich der Grund dass mein Gewissen sich regte. Es hatte fast ein halbes Jahr gedauert, bis ich mich ihr anvertraute und alles erzählte. Von da an, gingen wir das Problem gemeinsam an. Wir gingen zusammen in eine Gemeinde, und nach dem Gottesdienst gingen wir noch ins Cafe. Viele Sonntage habe ich dort mit ihr verbracht und meine Probleme besprochen. Auch sind viele Tränen geflossen.

Aber es hat sich gelohnt. Mit ihrer Hilfe und meinen Glauben habe ich auch diesen schweren Abschnitt in meinen Leben bewältigt.

Es ging nicht von heute auf morgen. Der Weg dahin war lang und schwer.

Wenn ich eins gelernt habe dann das. Die Angst ist ein Teil von uns, und das ist auch gut so. Denn sonst würden wir die Gefahren des Lebens nicht ernst nehmen. Nur eins darf nicht passieren, dass die Angst größer ist als wir selbst, denn dann wird sie uns beherrschen.

Ich glaube, dass diese Erfahrungen auch etwas Gutes hatten. Sonst wäre ich wohl nie aus mir heraus gegangen und hätte auch nicht den Mut aufgebracht dieses Buch zu schreiben. Auch male ich Bilder und habe angefangen japanische Schriftzeichen zu lernen. Im großen Ganzen kann ich mit guten Gewissen sagen, ich führe ein ausgeglichenes Leben.

Teil4

Hier eine kleine Leseprobe aus meinem
Fantasy-Roman.   Erscheint demnächst

Der Prinz aus dem Nebel

Der Junge rannte und rannte, vor Angst drehte er sich immer wieder um, konnte aber nichts entdecken. Er war schweißgebadet und zittert am ganzen Körper. Der Nebel war so dicht, dass er die Hand vor Augen nicht sehen konnte. Er spürte seinen Verfolger im Nacken und Panik stieg im ihm hoch.

Florian fuhr mit einen schrecken hoch. Der Angstschweiß tropfte von seinem Gesicht. Dieser Traum suchte ihn schon seit Wochen, Nacht für Nacht heim. Florian schaute sich um, es war dunkel, es war kalt und er war allein. Hier in seinem Zimmer im Waisenhaus, das er zurzeit mit niemand teilen musste, saß er auf seinem Bett und dachte über diesen Traum nach! Dann stand er auf, zog seinen Bademantel über und schlüpfte in die Hausschuhe. Dann verließ er das Zimmer, um sich aus dem gegenüber liegenden Waschraum ein

Glas Wasser zu holen. Florian lebte schon immer im diesem Waisenhaus, an seine Eltern erinnerte er sich nicht. Kurz nach seiner Geburt, brach auf Mysteriöse weise ein Feuer im Haus seiner Eltern aus. Florian war der einzige, den man vor den Flammen retten konnte. Für seine Eltern kam jede Hilfe zu spät. Florian betrachtete sich im Spiegel. Er war ein groß gewachsener schlanker Junge, von dreizehn Jahren. Sein blondes Schulertag Haar und seine tief blauen Augen, brachten sein hübsches Gesicht zu zur Geltung. Florian war noch immer schweißbebadet, dieser seltsame Traum machte ihm wirklich zu schaffen. Er beschloss nicht weiter darüber nach zu denken, wusch sich sein Gesicht und schüttelte den Traum der letzten Nacht von sich ab. Langsam krochen die ersten Sonnenstrahlen ins Bad und Florian trat zum Fenster. Draußen war es schon fast hell, und er konnte in den Garten des Waisenhauses blicken.

Ein leichtes lächeln huschte über seine Lippen, er liebte es die Blumen zu betrachten. Eigentlich dürften sie jetzt gar nicht mehr blühen, denn es war schon später Herbst. Aber auch Florian hatte sein Geheimnis.

Die Kirchturmuhr riss ihn aus seinen Gedanken. Fünf mal schlug die Kirchturmglocke, wie spät es schon war. Florian beschloss in sein Zimmer zurück zu gehen. Dort setzte er sich aufs Bett und schaute sich im Zimmer um. Überall standen Blumen und alle blühten in ihrer schönsten Pracht. Florian hatte eine art Krankenhaus für Pflanzen, jeder brachte ihn gern seine Pflanze wenn sie kränkelte. Sie konnten es sich nicht erklären wie er es machte. Aber jede Blume und sei sie noch so sehr in Mitleidenschaft gezogen, blühte in kürzester Zeit wieder bei ihm auf. Florian hatte noch nie einen Menschen davon erzählt, dass würde er auch weiterhin nicht tun.

Er war ungefähr sieben Jahre alt, als er
seine Gabe entdeckte. Er merkte dass er
mit einer einfachen Handbewegung,
zerstörte oder verwelkte Pflanzen wieder
mit neuen Leben erfühlen konnte.
Am Anfang war im das ganz schön
unheimlich, aber im laufe der Jahre, lernte
er sie zu beherrschen und zu nutzen. Aber
trotz allem, wollte Florian es lieber für sich
behalten. Schließlich wurde man heute
schon für harmloseres schräg angeschaut.
Außerdem missbrauchte er diese Gabe ja
nicht und tat niemanden etwas Böses
damit.
Aber all das war schon merkwürdig und
dann noch dieser seltsame Traum, der jede
Nacht wieder kehrte. Auch hörte er immer
eine Stimme die zu ihm sprach, aber so
sehr er sich auch bemühte er konnte nicht
verstehen was sie sagte.
In diesem Moment geschah es, alles um
ihn herum wurde dunkel. Voller Angst
klammerte er sich an sein Bett.

Plötzlich konnte er etwas erkennen, erst nur ganz undeutlich dann immer klarer. Vor seinen Augen erschien eine Steintafel, auf der etwas geschrieben stand.

Der Planet selber, wird den erwählen der ihn retten kann.
Er wird im Traum seiner Stimme folgen und aus dem Nebel heraus treten.
Nur der Retter allein, wird in der Lage sein das Heilige Schwert zu finden und damit den Planeten vor seinen Untergang bewahren.

Was hatte das bloß zu bedeuten?

Fortsetzung folgt.

Herstellung und Verlag:
Books on Demand GmbH, Norderstedt
ISBN 978-3-8370-8891-5